kathrin schmidt

/

waschplatz der kühlen dinge

kathrin schmidt

/

waschplatz der kühlen dinge

/

gedichte

Kiepenheuer
& Witsch

verfallen

im unruhigen garten der mohn kopf an kopf,
ein nebliges warten im gießwasser. frisch installiert
die widerborsten der kletten für enkels haar
oder für meins, falls ich ins gras falle. falls ich die falle
der zündschnüre nicht umgehen kann, die der sommer
hier auslegt,

denn hier zeltet die verpflichtung zum zeithaben, zum ausharren.
wenn ich am gestänge rüttle, höre ich nichts. ich muss
wie toll aussehen und einen strengen winter
um den mund tragen, mein eisiger standpunkt
tritt sehr beherrscht auf und ködert
die temperaturen,

denn hier bleibt den sommer über der waschplatz
der kühlen dinge, die ich mitnehmen will, während im zelt
die schuldigkeit langsam dahingeht. kommt herbst,
kommt rat. womöglich in deiner gestalt, mit händen
wie deinen, die den vergehenden durst zum ende
in luft auflösen.

das boot setzt über

(dem Hand- und Kopfwerk des Übersetzens)

1

das boot setzt über, ufer sind längst zeiten,
aus stein gemacht, doch mit vergängnismalen.
wir geben gern die freien, radikalen,
so völlig ohne kopf- und herzkrankheiten.

doch hier im boot sind alle nur für einen
moment mit sich im reinen, die gestalten
beginnen aus der zeit ersatz zu falten
für ihr und ihresgleichen nichterscheinen.

wer übersetzt, spricht nicht mehr miteinander,
wir sind so still wie feuersalamander,
fixiert auf grauen schleusenkammerwänden.

die worte mühen sich, uns zu entwischen
ins ungesagte. wie beim fliegenfischen:
ihr wechsel, ihre ungestalten enden.

2

ihr wechsel, ihre ungestalten enden –
wer wollte nicht den tausch der wörter planen,
die sich vernutzen in bergabromanen
und drohen mit erzählten gegenständen …

was ist ein feldzug, was sind grenzkonflikte?
man übertrug, und die verhärmte sprache
zog aus, uns furcht zu lehren. siebenfache
verpuppung schützte nicht vor dem, was tickte.

der feldzug ging nur auf kartoffeläcker,
den grenzkonflikt entschied kein reisewecker.
wir fühlten in uns vorerst abbaublenden.

tau auf, tau auf, die energiebilanzen
sind abgefälscht, sonette oder stanzen
nur stillgequälte formen in den bänden.

3

nur stillgequälte formen in den bänden
der alten schrift sind auch erinnerungen.
so zögerlich verlassen unsre lungen,
kaum ausgehaucht, gewährte atemspenden …

das boot bewegt sich in der zeit. die schlägt sich
zurück zum fernen, abgehängten ufer.
dort lagern menschen, paar- und unpaarhufer,
auch echsen, unken, parzen und ein schrägstrich.

sie drängen nicht auf überfahrt. sie lungern
am strand, wo die kartoffelkäfer hungern
wie damals, in den kind- und kegelzeiten.

am boden zitternd, weisen tellerminen
im stahlbeton des piers auf ankerschienen
der staatendichter, die sich benedeiten.

4

der staatendichter, die sich benedeiten,
vollzugsbeamte gehen nun zur sache
und wagen mit der falschen mutter sprache
den schnellen tanz in die unfehlbarkeiten.

sie beißen blitzgeschult vom gras die spitzen,
um grüne zähne in die luft zu schlagen,
und sie bedienen klassenwarnanlagen,
signal proletenrot durch überhitzen.

du stehst, wo ziffern aus den büchern stieben,
hast die geheimzahl heimlich überschrieben
und bleibst beim wort, in parallelgeschichte.

ein zimmerwarmer luftzug streift die stelle
des eintritts über die familienschwelle.
kocht gott für volk und vater weltgerichte?

5

kocht gott für volk und vater weltgerichte?
ein mus aus pflaumen schlägt blasiert die stürze
des topfes. würzt sich selbst. gebotne kürze:
gott zeigt sich nicht in dieser langgeschichte.

stattdessen döst er, halftert ab die sätze,
die innersprachlich außersprachlich heißen.
er nennt die namen, kennt die zahlungsweisen
von sprachsortierern der mobilfunknetze.

ich ruf dich. an. man hat dich abgeschaltet.
und sorgt sich darum, wer dich nun verwaltet.
um deine kinder züngeln nachwuchssorgen.

du gibst dein hemd her, noch den letzten zipfel,
der übergang jedoch zum jetztzeitgipfel
in den gesellschaftszentren bleibt verborgen.

6

in den gesellschaftszentren bleibt verborgen,
was hart und weich macht. hart und weich gekochte
sind plötzlich da, sie tragen vorgelochte
papiere mit sich für den unschuldsmorgen.

der steht nun weiß vor uns, das eulenauge
ganz zugekniffen, kann er uns nicht sehen.
die blindheit wäre gar berufsvergehen,
zerfiele er nicht schnell in warmer lauge.

du lässt ihn hinter dir, du stehst gewaschen
mit den papieren in der hand und einwegflaschen,
so widersetzt du dich den kleingeldsorgen.

du wählst, stimmst ab, du bist geeicht auf töne
und ölst im namen deiner sanften söhne,
was hier muslimisch knirscht am wahltagmorgen.

7

was hier muslimisch knirscht am wahltagmorgen,
bleibt unterschwellig. deine stimmabgabe
bleibt gottgefällig, und das protzgehabe
der säkularen gilt nicht alltagssorgen.

metaphern fliehn und lassen deutlichkeiten
zurück. senile schaffen kernbereiche
am kai, die hirne walnusshälftengleiche
gebilde, minimale druckeinheiten.

wer hier zu spät kommt, der bestraft. das leben
muss sich mit weniger zufriedengeben,
wer hier nichts sagt, beschäftigt die gerichte.

siehst du die schriftspur ziehn am hohen himmel?
das ist, was bleibt (vom apfel nur der schimmel)
und ausstreut in geringer zeichendichte …

8

und ausstreut in geringer zeichendichte
auch briefpapier – in unverwandter sprache
bleibt doch das schriftstück eine hochdrucksache
und stört die andacht dumpfer gleichgewichte.

die scheidelinien alter kontinente
verwischen sich, die digitalen köpfe
legierter sprachen brauchen auspufftöpfe
für clouds with loops and samples ohne ende.

wo neozoenwörter miteinander
sehr heftig kungeln am belangexpander,
heißt zen im wald – wer will das wissen? – wald-zen …

dass der verstand nicht schrumpft, scheint allen heilig,
doch wird der zwang zum fühlen unverzeihlich:
du kennst das salz der salze noch vom balzen.

9

du kennst das salz der salze noch vom balzen,
als es so leicht und körnig niederschneite
auf deine, meine haut. die halbwertsbreite
der nesselsucht zerfiel im ohrenschmalzen.

wie doll gematcht, wie spitz auf knopf gesetzt
die worte heute über uns sich schlagen!
du hetzt das argument zum pritschenwagen,
ihr fahrt davon, ich hab dich unterschätzt.

wer noch ein wetter hat, kann regen nehmen
und sich den einen aus der wüste zähmen,
bei dessen schönem anblick lippen schnalzen,

doch stört ein stolpern die geschlossnen reihen
der übersetzer unter zwangsanleihen …
mein lieblingsfisch, du siehst die auftragswalzen.

10

mein lieblingsfisch, du siehst die auftragswalzen
sich drehen. und dem wilden treiben zu.
du druckst dein bier zwar noch mit kühlakku
im apparat, brauchst aber nicht zu malzen.

ein zukunftslümmel steht am pier und printet
zu deinem bier ein steak, tomatensauce
und kopfsalat. du glaubst an die sklerose
des abendlands, an der dein herz erblindet.

das boot wird zwar getreidelt, aber niemand
kennt noch das wort dafür. du setzt in zielbrand,
was du vermisst. das ufer steht gemäht.

die birken tragen trauer, und der anlass
für alles lachen flieht ins eigne strafmaß:
rotieren, bis es schwarz auf platt so steht.

11

rotieren, bis es schwarz auf platt so steht –
zu allem, was wir aus dem boden lesen,
ist zu bezahlen mit verhängnisspesen,
für die das boot die letzten segel bläht.

den denkmalshütern, die fest eingehauste
skulpturen vor der steingeschichte schützen,
sind jahreszeiten nur gedächtnisstützen,
sehr tief im hirn als zeichen, blau gepauste.

wenn dann der herbst kommt, stehen diese zeichen
auf sturm und wollen nur dem urstück gleichen,
um mit dem winter leise zu verglimmen.

sie gehn in eins mit jenen, die vor kälte
ein ziel sind für bemühte staatsanwälte.
gestillt wird, was noch lautet: diese stimmen.

12

gestillt wird, was noch lautet: diese stimmen
des abendrots. es tröpfelt aus den kleidern
und füllt die straßen, dass den ehrabschneidern
ganz warm wird und sie mit dem rudel schwimmen.

wir setzen über. aus der tagbewegung
ins nachtvertrudeln. aus gebrauchter sprache
in sprachgebräuche und verständnisbrachen,
wir warten auf das dämmern der erregung.

zart zieht im asphalt ihre kargen schleifen
die letzte liebe zu den trommelpfeifen,
du siehst sie fahrig, friedlos, im verschwimmen.

legt sich das dunkel auf die nassen straßen,
ergehn wir uns in kühnen paraphrasen,
die sich im abend kühl herunterdimmen.

13

die sich im abend kühl herunterdimmen,
sind mutter-, vatersprachen oder kinder
von weltzeituhren, mit vokabelbinder
vertäut zu eindringlichen pressestimmen.

sie summen allerlanden von den dingen,
die zwischen ihnen keinen platz mehr fanden,
die überwinterten als notsummanden
der additionen unter säbelklingen.

jetzt nur kein streit. wie die vergessnen sprachen
zerwirbeln in den unterwasserlachen,
blockiert sofort dein eisensuchgerät.

so unentschlossen du auch bleibst, am morgen
kannst du dir endlich ein paar flügel borgen,
dann lautlos landen. hier wirst du konkret.

14

dann lautlos landen. hier wirst du konkret.
du sprichst kaum hörbar, eine stumme schwester
stülpt über deine ohren den südwester,
so wird dein kopf zum editiergerät.

du gibst nun aus, was dir dein wortschatz sendet,
und sprichst den kosmos neu in synonymen,
vergisst nicht, gar das matronym zu rühmen,
und hast im handumdrehn dein blut gespendet.

du sprichst dich leer, es gibt nichts mehr zu sagen.
was übrig bleibt, steht in den unterlagen
in süßer schrift und doppeldeutigkeiten.

du lüpfst den hut und hörst nun wirklich besser
an diesem mütterlichen milchgewässer.
das boot setzt über. ufer sind längst zeiten.

15

das boot setzt über, ufer sind längst zeiten,
ihr wechsel, ihre ungestalten enden
nur stillgequälte formen in den bänden
der staatendichter, die sich benedeiten.

kocht gott für volk und vater weltgerichte?
in den gesellschaftszentren bleibt verborgen,
was hier muslimisch knirscht am wahltagmorgen
und ausstreut in geringer zeichendichte …

du kennst das salz der salze noch vom balzen,
mein lieblingsfisch, du hörst die auftragswalzen
rotieren, bis es schwarz auf platt so steht:

gestillt wird, was noch lautet, diese stimmen,
die sich im abend kühl herunterdimmen,
dann lautlos landen. hier wirst du konkret.

ausflug zu den guachimontones

das licht, wie es sich langsam hervorzuquälen begann,
rutschte über die kulissen des hotelzimmers,
am wasserkocher vorbei zum kleiderschrankdouble.
instantkaffee in stabiler schichtung mit weißbrot
sorgte für inversion im magenbereich, es dauerte,
bis der tag endlich die noch kühlen fingerspitzen
aus der nacht gezogen hatte. sie tasteten
die landstraßenzüge ab im frühreifen gesicht der gegend,
als ich aus dem fenster sah, die haare
nass, es tropfte auf den blechsims. später
packte ich kofferworte aus, zum beispiel smog.
es tat so, als bliebe es stehen zwischen den frischluftschneisen,
in wirklichkeit aber begleitete es mich ins auto,
steppte biesen in hirnhäute, schmerzte
bis ins pyramidale system. ich wankte, torkelte,
als wir nahe teuchitlán aus dem jeep krochen,
mittagsheiß standen inzwischen, bissfest,
die schwaden der garküchen zwischen uns.
mein europäisches auge aß mit, es glänzte,
es rötete sich im chili. (wir sind keine ungeduldslämmer,
dachte ich kurz vor der auslieferung an doña siesta,
dort blieb ich ein halbes stündchen.)
wir zogen dann schnüre im sand hinter uns her, der boden
speicherte verschiedene taktlosigkeiten,
ehe die guachimontones sich zeigten: pyramidale systeme.
die erdhirnrinde schien offen gelegt. ich stocherte
nach zentralen motoneuronen, als keiner zusah. kleine tiere
schlüpften mir zwischen sohle und sohle hindurch,
sie kicherten hörbar, ehe sie sich entfernten. dann wieder
zitterten die stümpfe der scheibenkegel,

welch weiches brustopfer hatten die zeiten gefordert!
prähistorisch verbrämt, zerfiel der trockene grasbart
bei jedem schritt, der ihn traf, die luft verstaubte.
kurzentschlossen packte ich meine flügel aus und erhob mich.
die schlagfrequenz resonierte mit der eines quetzals,
der mich im balzflug verwechselte, meine weibliche seite
fröstelte kurz, dann entspannte sie sich. von oben
sah ich polierte platten, deren aufrichtigkeit glänzte.
von den bäumen, die ihre hölzernen muskeln spielen ließen,
flatterten beglichene rechnungen. ein hund aus wachs
begann in der sonne zu schmelzen, sein gestörtes genom
entließ den jahrhundertatem. von oben
sieht alles anders aus, dachte ich, bewunderte die gnade
der eingeebneten höhen. wen aber hatte die erde geboren,
dass nun warme, seifige milch einschoss in die stümpfe?
als ich auf einer spitze landete, traf mich ein schwall,
duftend und nass stand ich da. mein europäisches auge
probte den lidschluss, man trug mich
über die stufen hinab ins auto. während der fahrt
beobachtete ich das dunkel, wie es sich langsam
aus dem licht zu quälen begann. im hotelzimmer dann
schob es die kulissen ins off, bis endlich auch
die warmen fingerspitzen des tages anderswo waren.

rjasaner picknick

die vielstimmige wiese auf dem tisch, das azurblaue
wispern der gläser, gäste mit taschentüchern aus mohn –
wie viel essig ist die oka hinabgeflossen

die jahre tragen den acker im schienennetz heim,
vereinzelt fallen kinderfiguren heraus und suchen im dämmern
nach erträglichem elterngetier

unter den oberflächen haben wir nichts
verloren, zwei bauchige flaschenfrauen reden auf kürbis
über den sauren salat, seine nahenden inhalte

eine fliege ertrinkt in der sahne, wie auch wir
ertränken unser übliches heimweh. lass uns
flusswasser tauschen, die geweihe eingezogen wie fühler

paleski radyaytsina-ekalagichny, pogonnoye

wir fuhren ins schlackenland ein. ich hörte den zerfall zirpen
knapp unter der oberfläche, womöglich wollte die erdhaut
geräuschlos einreißen. jedenfalls sah es so aus, als sammelte sie kraft,
indem sie sich kaum merklich zurückzog.
ich betrachtete interessiert die winzigen vertiefungen.
meine kontermutter schlug mit gabeln
gegen den himmel, rammte die bleiche puppe
in den reisegrill. als sie zu schmelzen begann, lachte ich vorsichtig,
als sie in flatschen zu boden fiel, hörte ich wieder auf. nichts
deutete auf das private einer verfehlung, aber das dosimeter
schlug aus, noch ehe im radio die pilze klirrten. aktiv
wie gesunde babys lallten wir vor uns hin, das metronom
versuchte vergeblich, uns im takt zu halten.

fruchtlose leseübung im hochmoor

z. B. das Augstumalmoor in Litauen/Russland

auf den übergangsflächen sammeln sich
zitternde flankenträger (menschen, pferde usw.)
mit abgetorften lektüren im maul, sie leiden
unter böser verdauung, beobachten
die mineralsalzeinträge industrieller handschrift
ich kann nicht lesen, murmelt ein mann mit froschaugenmaß,
verlandende altarme ausgestreckt in der luft
der schlafende hund überm torfmoos, verloren
im beifall der flora, erinnert an schmerzattacken
in unterwürfigen extremitäten, ein schelm denkt böses dabei
russisch, litauisch schleimen die worte sich an,
im moosbeerensaft simmernde buchstabensuppen
wie sollen wir lesen üben mit humifizierten zungen
wie reden darüber

mobilé über nanjing

es heißt, die tage seien durchs straßenraster gefallen,
durchs pflasterbild auf die gründelfläche, wo verstohlen
fäkalienströme dahinziehn, dem meer zu oder dem ausguss
der utopie

es heißt, die wagenlandung verzögere sich noch,
im milliardenfach zahnhaltiger raubtierposen gebe es lücken,
die nach massaker stinken, nach not, nach zucht –
atmosphärisches flüstern …

es heißt, toyota wolle auf japanisch brücken bauen
zum chinesischen festland, wo die mädchen noch immer
gepflegte tonbänder im haar trügen
mit blick auf später

es heißt, die raupen gingen zu bescheiden ans platzen,
maulbeerschaum wehe durch nanjings mobiltelefone,
durchtwittere die wenigen duftflöze der überwachten
hochdruckgebiete

es heißt, ferngelenke steuerten die automobilzufuhr
nur sporadisch, an den kreuzungen zeigten sich hybride rassen
modernen mischbluts, das sei ein fortschritt,
dichten die blätter

gelackte schulter

zur rechten näherte sich ein wachsweiches
stadtpanorama, das wir fütterten mit unseren blicken.
es blieb anhänglich und wollte uns lang nicht verlassen,
wie sehr du auch eintratest für das gaspedal
und seine unerbittlichen folgen. ein zögern
kroch aus dem schuh über meine hellen hosen,
ich hielt es fest, damit es dich nicht aufstöre.
hinter der stadt zog ich ein landschaftslaken nach dem anderen auf,
faltete sie später in den kofferraum.
sie rochen nach aufgaben, die ich nicht erfüllen konnte,
nach löslichen modellen von unschuld
und einem verkommenen schuh. das letzte
hatte ein ausländisches loch, das nach mir verlangte,
ich schlüpfte hinein.
als ich wieder auftauchte, nackt,
glänzte im innenspiegel meine schulter,
wassergelackt. das zögern war mir unterdessen entwischt
und erreichte dich endlich.

schlucken. müssen.

die landzunge erkrankte plötzlich am kilometergestein
zog sich zurück, um im aussichtspunkt zu verschwinden
schnell holten wir luft herbei, sprangen ab
schwammen an gegen den sog, der nach unseren füßen
schnappte, nach tief innen verwahrten röteln und dem spuk
der geschichten

das meer entpuppte sich als kaum greifbarer irrtum
als monokultur gewiefter dreizeller, in der sich kein halt fand
für unsere gängigen disziplinen. wir trieben den sport
auf die spitze, schalteten schließlich auf waschgang, erschöpft
zum glück fehlte der mangel an zeit, der uns hätte antreiben sollen
zum glück fehlte dein unbekannt verzogener mund

septemberkurzschrift

die kürzeldrüse. ihr unverfänglicher
botenstoff, der in die makula drang, die sehgrube
pufferte. die siegel der abbreviaturen – IRQ, IRN, SYR, AFG –
spielten ums schicksal im spiegel von schuldigkeiten.
ich zog die brauen nach. wollte, ich wäre beteiligt gewesen
an jemandes blutdruck. mancher im tross
trug sein erkaltetes kind unter der zunge,
für das er noch immer pfefferminz lutschte.
der kurze prozess machte klar: es auszustoßen
vor heimweh, wär eine fälschung, das sigel des traums
dann sein ende. gebäude links und rechts aller wege
hatten den charme der jahrhunderte längst aufgegeben,
verdrehten die fensteraugen stattdessen. versetzt
in den anklagezustand, witterte ich verzweiflung.
dann wurde mein enkel geboren, der nichts dafür kann,
keine syrische mutter zu haben. dann schlugen sirenen an,
kenterte wieder das boot. dann spielte ich schach
auf dem platz der befreiung. und dann
prozessierte der eine gegen den anderen blick
der schönen europa.

geschälter freitag

wie immer wusste ich nicht, ob dem
eben begonnenen tag flügel erschienen,
die ihn in den wenigstens zweiten oder dritten fronthimmel
beförderten. als ich begann, an seiner äußersten hülle zu reißen,
jaulte er auf und unterschlug die nächsten sechs stunden
vor schmerz. auch später, als ich schon drei tassen kaffee
und viererlei opfernachrichten intus hatte, blieben sie
fern. zu bemerken war das am tiefstand der sonne, die,
kaum aufgetaucht, schon wieder absacken wollte
am monitorhorizont. beim aufstehen vom schreibtisch
verwechselte ich die luft mit dem beton
einer bahnsteigkante, aber mein bein himmelte die wunde an.
fingierte hunde wimmelten um den blutfleck, der davon blieb.
auf regennassen straßen schwamm er ins off, aus dem er nachher
zurück ins on troff, dass mir braun ward vor augen. mein
altgewordener uterus ulkte, das sei die aleppo-angst,
das sei der ganze verwichste kram der geschichte,
die ihren anfang genau da genommen habe, wo hier und jetzt
eins sind. wo ein femtometer, eine pikosekunde abweichung
mich nicht hätten stattfinden lassen.

ein wort wie zwei

während ich montag ein wort wie sole schlucke,
das mir das salz in den hals reibt, trink ich am dienstag
ein wort wie wein gegen den durst. am mittwoch
würge ich worte wie blei und eier hinunter,
werde schwer in der mitte. ein wort wie wolke,
am donnerstag aufgesaugt, lüftet mich gütig,
damit mich am freitag nach worten wie du und ich verlangt.
ach, und am samstag verzehre ich schweigend
ein wort wie zwei und warte darauf, bis du zitterst
an zweierlei körpern, wenn ich dir sonntag
ein wort wie teppich einfach unter den füßen
wegziehe und in den mund nehme

allertage

montagssachsen

sachsen hält offenbar alles bereit, woran ich morgens
nicht denke. stattdessen ziehe ich zögernd
den vorhang auf. eben noch eingerollt in sonntags
verzapftem schlaf, bitt ich ein wolkiges schaf
um warme, wollweiße milch. ich drücke die drüse –
es spritzt nicht. es tröpfelt ein bisschen. die achsenmächte
der sachsen geben sich fern: kein anhalt
für einen verdacht. keine angel
in sicht, mich aus meiner affäre zu ziehn.
das ist noch viel schöner als rot, spricht mein jahrelang tot-
geglaubtes begehren. ich greife nach dir, deinem rücken.
dann zücken der montagsmesser, ein brötchen bestreicheln.
das ende der woche verschwindet unter der butter, später
im mund. du fährst in den alltag hinein, ich rolle aus sachsen hinaus.
zuhause holt mich am abend ein, was das landstück bereithielt.
ein stottern, als wär ich in stötteritz. kreischaer kreischen.
radeberger aus flaschen, dann radegebrochenes sächsisch.
am ende würgendes alter, das mit mir spricht, als wär ich ein kind
und hätte in altenberg schulden, dabei hab ich doch nur
bis zum montagmorgen in sachsen gesteckt.

dienstagshaken

am dienstag hakt es, der ins fahle geflohene himmel
hält seine anzeigenwirtschaft einstweilen aufrecht.
biete durchlurchten teich, suche frau mit vier namen.
so ungefähr schlingern die schlieren, papier bleibt papier.
ein essbarer pilz schiebt langsam die kappe durchs moos,
zeitversetzt ankert ein kahn. der span grünt vor sich hin,
unentzündbar. wenn kommunizierendes röhren
millionen verpulvert, bleibt mir kein ei, zum kochen
nicht einmal wasser. evangelische bläue
adelt die alternde haut, wenn man drunter vergeht.
ich impfe morgens die milch, nadle am mittag.
am abend steht weißnicht an, kannnicht klopft.
kommt herein. sie sehen zu, wie die ausleihfrist
für den tag durch die lupe rutscht.

mittwochsstichling

die ichrobbe schläft. oberer, unterer kiefer verkeilt,
die mittwochszunge im zahnkäfig.
nichts da mit blecken, belecken.
das warndreieck zwischen den beinen
leuchtet sehr rot.
so ungefähr.
der stichelstrichling schlüpft aus der hand,
ich merke im schlaf, wie er losschwimmt.
seine metamorphose gelingt, jedenfalls
spüre ich milde strichelstichlings flossenschlag
über der bauchhaut. im schlafwasser
blühen noch schlehen, stichling aber
punktiert den nabel, saugt sich schön fest.
es schläft sich so schwer,
wenn die rippchen der robbe vibrieren …
misslungene störfeuerprobe. im robbentran
fang ich den fisch, gehe an land.
welt, die mich wiederhat, spricht
nicht weiter davon. es ist: wie immer.

donnerstagsnil

in meinem zimmer der nil. ein immerfeuchtfremdling
zwischen papierenen wüsten, wechselfeucht
in der nähe des fensters.
die archivierten kulturen lagern an seinen ufern,
ich greife hin und wieder eine heraus
und gehe auf abstand: der nil bleibt im zimmer,
ich aber öffne die tür zum balkon.
es rauscht nun im rücken, papyrusfragmente
wirbeln umher. ich lache mir eins ins geschlossene
fäustchen, dreh mich nicht um.
soll er ruhig drohen, ich stehe mit seiner kultur
unterm freien der vielen himmel.
lese dies, lese das. zum glück
klappert könig menes mit löffelähnlichem
gegenstand, als die nilschwemme droht.
ich springe zurück, während bücher
aus dem regal in den fluss stürzen.
schließlich bilden sie inseln für die pharaonen,
färöer, muss ich noch denken, als mir schon kalt wird.
und siehe da: ich sitze mit alten ägyptern
im nordatlantik und warte auf eine fähre zurück
in mein zimmer.
wo hoffentlich immer noch nil ist.

freitagsschwarz

am morgen bestickst du lands cape mit ausgekochten
motiven, während ich der moräne slawisch
geschürzte namen zurufen will: zobel und zeisig,
droschke und grenze, vampir mit gurke
im mund. dennoch bleibt's grau, die goldene
fassung der himmelsbrille nicht zu erkennen.
mittags schlürfen wir süppchen, zum wüsten
dessert serviere ich feigen, aber das blut
will nicht kochen, so sanft du es auch
beschwörst. der nachmittag kuscht, obwohl
die knute im schrank bleibt. später zieht
dämmerung auf überm sander. der zander
gibt die gefühlte makrele. dazu auf dem tisch:
das buttertässchen. kürbisfarbener senf, den ich zu allem
hinzutu, und brotlose tüten aus duft. das ist mehr,
als der morgen versprach. dennoch sehe ich nichts
überm rande des tellers, der freitag bleibt schwarz.
das mädchen in mir kann nicht raus
aus der alt gewordenen haut. weil ich
den backfischbakschisch nicht zahlte? ich sei komisch,
sagst du, ein fisch mit geschundenem riemen
über den kiemen. davon ein lied zu singen,
fällt mir nicht ein. lieber schau ich zum nachtwärts
erlöschenden himmel. irgendwo dort
in den sternen muss es ja stehen, das ende.

samstagsofen

der samstag steht blau, ich hör auf zu rauchen.
vergänglichkeitsknochen schmerzen, das hautmeer
schlägt wellen. so ist sie noch nie gekommen,
die trauer. geht auf und ab in der wohnung,
den weißen sari verknotet. ihr abschneidezirkus
fällt auf die nerven, immerzu schwingt sie das messer.
hier ein stück strumpf, dort zur hälfte die haare.
bis sich die momentane monetäre lage mit ihr
verschwippt, könnte es eigentlich dauern,
aber die beiden brauchen kaum zeit.
lümmeln alsbald im sessel. die eine grinst,
die andere schaut mir gelangweilt zu
beim verzweifeln. ein narr, wer gutes
dabei denkt. ich denk, ich beschenke den ofen.
er ist mein guter ort, wie ich weiß.
den schwippschwestern wird es zu warm,
die eine droht mit dem messer,
die andre mit leeren händen.
das holz jedoch trotzt: ich hab das harte zeug
im sommer sehr glücklich geklaut!
und endlich feix ich.

sonntagskrimi

heut kommt die mimi. sie ist
meine wochenendbraut, ich liebe ihr klingeln.
ertönt es, fliegen die gabeln in hohem bogen
über den tisch, wenn sie den weiten weg
vom becken zur schublade noch nicht geschafft haben
sollten. *wollen wir trinken gehen?*, frag ich mit unschuld,
aber die mimi will mich sofort erkennen.
die spangen springen, wann wir seit an seit schreiten,
steht in den sternen. stattdessen geschnäbel,
die veilchen im zimmer betören. wir kochen.
wir machen uns witze zu eigen, wir gehen
dem stundenleim aus dem topf. den nachmittag
haben wir lahmgelegt zwischen zwei
anlehnhäusern aus glas, damit er nicht fortkann.
trotzdem will er verschwinden.
macht platz meinem mann, der mit dem radl
nach haus kommt. die mimi freut sich. die mimi
packt seine ohren und ihren koffer aus. die mimi
ist ja so müde von mir! aber ohne meinen mann
will sie nicht ins bett. mir geht's da ganz anders,
also bleib ich derweil beim krimi. *bis später, mimi.*

faltschmerz

liebe mit gesichertem schloss wäre nur
die verkleinerungsform der blindheit, deine mundwarmen
hände schlügen alarm in der erkälteten
jahreszeit. du müsstest belange wechseln

der nägel. der verschwendeten atemzüge,
die lt. bahnhof ein drittel der inzwischen verbrauchten
luft ausmachten. wer malte, ohne die pflaumen,
die pflückpfirsiche gestrigen herbstes, mein stilles porträt?

deine augenäpfel neben den astern sprächen nur *tacheles!*,
tacheles!, und der tag läge mit geschwollenen gelenken
im aromatischen heu. sein flüchtlingsknie
würde bei nächstbester begebenheit herausspringen.

doppeladler

schmiegsam kauert der see in seiner mulde,
die wir schweigend umrunden, untrennbar als
alter, gedoppelter adler, verschiedene klötze
am jeweiligen bein. du springst, ich versuche zu springen.
siehe sahara, bemerkst du nur leis, als ich
am sandstrand stürze mir dir. als über uns
kreischlinge zetern, wilde gänse im keil.
ich seh ihnen nach, bis sie verschwinden
hinter den uferbäumen.
der adler am boden kommt auf die beine,
stockend. als wir dann endlich stehn,
willst du den saum abschütteln, wedelst
die federn. das wird nichts, ich ahn es im durst,
der zu rasen beginnt, groß wie inzwischen die sandige
wüste tief drinnen.

irrgang, abendlich

die zeit hatte ihr maß verloren, suchte mit uns
in den forsten danach. ausgezeichnete
hasen ahmten die langsamkeit nach, machten sinn
aus den kleinen schritten. bedachtsam gesetzt,
hielten sie uns auf abstand, deprimierten uns
kopf um kopf. die lage als durst zu beschreiben,
kam uns, da die klammen daumenidioten
an knöpfen und reißverschluss scheiterten,
durchaus zupass. im handgelenk
kungelnde freundschaft, im zwölffach
gefingerten darm reste von erblicher liebe –
so unverfänglich geschult, gab der vordermann nach
und fiel in den sand. märkische heidenangst
machte sich breit, eine sau rücke an. stattdessen
phlegmatische meisen, trödelnde käfer.
dass vordermanns fall nicht umsonst war,
bewies eine quelle, die zögernd sich auftat
neben seiner ruhenden hand. wer daraus trinkt,
wird ein reh, wollte ich sagen, aber unversehens
waren die anderen schneller. ich sah ihnen dann
hinterher, wie sie die läufe anzogen
und davonsprangen, adulte böcke,
zwei, drei ricken dazwischen.

hölzge, strüppge

immer eine handbreit bier unterm hemd,
lahmt der forstmann im holz, unterläuft
die gerüche vaporisierter nutzholztendenzen.

es ist die geläufige buche, die zur wald-
und buschreform ruft. die mit angehaltenem laub
den oktober aushebelt.

an diesem abend sind baumgewächse uns näher als lieb,
wir ahmen denkspiele nach und rätseln
ums wetter.

ins struppgebüsch. in die holzigen wildapfelsorten.
du löschst die ausdauer, folgst dem wildschweingebein.
nur der hirsch will uns so sehr stören,
dass ich endlich sein maul halte.

über den wasserlagen

ein schwimmblasenriss durchzieht die welt
der fische und fischesser. wie flüssiges silber
knistern hinter der geleasten wunde transparentpapiere,
auf denen wir unsere schablonen feilbieten
für ausgereifte ernährungskonzepte.

mein untervermietetes lachen hängt frisch geflickt
in der müden luft, ich seh es von oben. es gehört mir
und gehört mir nicht, wir verabreden
meliertes schweigen darüber. welcher filz
an den tagträumen zieht, bleibt im dunkel.

die fischlaus an deinem auge verlangt nach blut,
du kannst kaum noch weinen. der koch bricht den stab
durch das wasser, als zur mitte des tages
ein schöner wels durch deine
alt gewordenen lappen geht.

flaschenzügig

biographisches obst an den bäumen, das leer ausgeht
wie damals, als wir die duftreuse hineingehängt hatten
wir übten uns im überbieten des anstands, nach wegen
zu fragen – du trugst den flaschenzug im rückgrat,
warst triumphator

also jubelte ich dem briefträger zu, der eine sendung
luft brachte in diese vereinzelt geballten,
zur ansiedlung freigegebenen räume

vogelallüren

vögel haben so weltgemacht besserwissende
allüren: tragflächen schultern und los …
sie allein stachen von lesbos aus in die salzluft
der see, denn ungeflügelte waren nicht fähig,
die randnotiz zu durchbrechen. schuldig geworden
an meiner gebotenen unschuld, aß ich derweil
und trank, scrabbelte, schlief lang.
lesbos in praller, gefüllter sonne –
ich hatte sie ausgestopft mit waffenständen
und tauchtiefen. als sich das rächte, zog ich am strand
von usedom badeanzüge übereinander. im wasser
schwimmen. nach muscheln tauchen. schöne
beschäftigung, dachte ich, als auch schon wind kam
und mir die haut leckte. getrocknet lag ich später
am strand, die hand überm auge. unverändert
die pralle, gefüllte sonne, lesbos wie usedom drunter,
flügeltiere dazwischen.

blechschlafmusik

eingewechseltes blau, das mit blech schläft.
den schlaf aus dem gewöhnlichen ablauf herausnimmt,
ihn hinter die bettkante schiebt. die schuhe von den füßen
ins abseits bringt, eine radarfalle stellt. dem sekundenherz treu,
alle typischen fahrzeuge ausmustert.

von liebe aus wirst du blass, deine arme
seelenfrucht geht vor den hunden
spielen und herzt dich und küsst dich,
dass du das eingewechselte blau nicht mehr siehst.

was wäre. wenn schlafend die hundslust
vor der tür lagerte? die bettkante dir über den kopf wüchse?
du schliefest, bis das eingewechselte blech blau auflegte?

das treibende (kraft deiner wässrigen suppen)
gäbe womöglich den merkmalsträger, von dem aus du startetest,

von dem aus dein start auch zu sehen wäre,

ein plaudernder, zaudernder milchstraßenprinz,
den mitternachtsstängel auf halbmast.

das wäre: blechblaues anspiel der drei trompeten,
zwei tuben, des susaphons. von der bettkante
aufwärts ein angelaufenes zeichen von rauch.

was dir bliebe, genügte auch mir. ein eingewechselter
merkmalsträger, dessen becken drei bedeutungen hat.
dessen backen immer noch zwei bedeutungen schleppen.
dessen bocken, von unten gesehen, verständlich scheint.

dann ausgewechseltes weiß, das mit milch pulvert. das pulver
in ungewöhnlichen situationen platziert, aus den
kartuschen heraussaugt. im umfeld die abdrücke aufsammelt,
mit induktionsschleifen versieht. die sekundenterz aushebelnd,
mich ausdauernd anschaut, bis es einschläft mit mir.

zwischen den vogelarten

wir trugen gerührte blusen, frisch gestärkte schuhe
wir schnäbelten aus tassen, ließen geflügelte worte
mit pelzbesatz frei

aus den manufakturen grinsten die großväter herüber
sie führten zangen mit flüssigen schlangen
drückten knöpfe ins wasser und warfen die glasreste hinter sich

schon damals hatte sich gefärbte restwolle eingefunden
am unruheherd verstrickt zu werden
großmutter um großmutter verlor schließlich den faden

wenn ich ein vöglein wär und auch ein bürzlein hätt
ich gäb fett ins erinnern, in den pullover
aus schaf

vorhersehbar infiziert

wir schlugen aussichtsdübel in die nackte wand,
daran hingen, über lang oder kurz, unsere blicke,
während wir frühstückten, eins ins andere
versenkt. die fingerzinken harkten den tisch,
schoben krümel zusammen, insekten landeten
auf konfitürenglas und käse, die weißmehlsemmel
blies sich ins zweifache auf. mein stillhalter,
musste ich denken, was hast du für große zähne!,
während die iris abriss heranzuzoomen
versuchte. erfolglos in diesem mansardenfach
voller gedopter touristen. das ist die mitleidcrisis,
das dünkelnde wohlstandsgeplauder, sagte dein blick.
ich griff nach früchten für unterwegs, trauben,
zwei gelben birnen, deren jede wohl ahnte,
dass ich sie vergessen haben und dass
der einen schimmel die andere einreißen würde.

stände und tiefen

aussichten, denen der anfang fehlt wie dem himmel
die scheu. wir verlieren uns in matrikelnummern, matratzenfarben
und mathematischen halbsätzen, bis dein staubbeutel klirrt.
er ist farblos geworden über die jahre, seine leere
spricht mit akzent. noch kann ich hören und störe
die kleine blaue maßregel, die auf vollzug wartet
im stark haftenden massenbetrieb, im accelerando
mit pusteln. das alter klopft dunkler als rot –
lass mich gelb sein vor liebe! aber personenständen
machst du nichts vor, kein ich für ein du, und glaubenstiefen
sind essig im schnee. irgendwo hockt das kind,
ein herzeigenes komma, zwischen den sprachfamilien.

origmai für fortgeschrittene

zuweilen papier. zuweilen ein schnitt
an der kante, ein abgezirkelter
kniff. mein jahrgangszinnober auf bütten,
geschöpft aus dem vollen. kein kapselbegriff,
keine hefezopfschleife. was geschieht,
schreibt sich freiwillig ein. unter der nummer
drei zum beispiel zäune mit zähnen, der luftbiss
und schwarzsaurer himmel. aus den höhlen,
heißt es, schlüpften nur augen mit konjunktur,
nach gemeisterter krise. welche aussicht
auf inhaberaktien, auf brotlose kunst!
gern falte ich häuser unter diesen umständen,
aus diesen schlagenden zeilen. walte, faltehaus,
still über morgen und maus.

waage, vorm wasser verchromt, gestählt

zikadengesurr, schlafende hunde.
amsel auf abruf, ungerührt steht die luft.
ungerührt stehe ich, zigarette im anschlag.
so ruhig möchte der abend kommen,
dass mir ganz flau wird im korsett der verschöpfung.
der durch die tür tritt, hut überm stroh, bist du,
dein brusthaar ist fahl geworden über den sommer.
eh du den fisch ausschüttest mit dem bade,
seh ich ihn lautlos zappeln über dem heißen brei,
der zwischen uns blasen schlägt. in dieser hitze
kein netzhautgemetzel um bessere aussichten,
das wortflorett klemmt. lass es regnen, denke ich still,
dass wasser zwischen die prinzipien gerät. dass
güsse die dürren begriffe fluten. aber dein bruststroh
spricht bände über die trockenheit zwischen uns.
laut zürnt nur die waage, auf die kein wort fällt.
gestählt verharrt sie in stummem chromglanz.
sollte die wolke brechen, die über uns steht,
wär's kein gewinn.

faulwasser

geläutert von der wasserfäule
steht das ried, als wolle es hoch hinaus
aus dem schlick. bein an bein
jagen wasserläufer dem spiegel
den glanz ab. brackige luft, mein lungenkraut
säuert den atem, schweißtreibend,
schleimlösend. gestilltes blut
unter der haut, hab ich den ausblick gern,
der den himmel auf seine flüssigen schultern nimmt.

natürlich gesprochen

die abende kamen als körperlose gesellen wieder und wieder,
es war ihnen egal, ob wir sie erleben wollten, sie fragten
uns nicht nach sonnenschein. unsere fabrikneuen
geschmacksknospen verlangten entfaltung, so dass wir
synthetische gummis zwischen die zahnreihen steckten
und auf das künstliche warteten, pinkfarbene pinguine
mit ölpreisbanderolen, gewachste äpfel
oder marshmallowmen. als sie auftauchten,
hielten wir inne und beteten, aber die sprache
nestelte an ihnen herum und nannte sie kreatürlich,
während die abende endlich fremdgingen
in auswärtiger farbe.

harter anger

der blusenknopf zittert. ich habe den fjord
in der brusttasche übersehen, der mir nun
an die haut will. ans leder. mein frisch gestickter
hardangerkopfschmerz klebt unterm schädeldach,
bläst der kalotte das fegfeuer an.
tun sei tunlichst vergessen, nur nichtstun
berührt. die migränenmuräne zählt ihre knochen
laut auf, dass mir schwarz wird. vor augen
spröde katzen von gestern, große, kleine –
das wedeln der schwänze klingt hölzern … ich öffne
die ohren, damit es hinauskann, aber es passt nicht
durch den schmalen gehörgang. ich warte. den harten
anger muss ich hinauf und hinunter
mit diesen gebresten. wer bläst denn
dagegen. wer kommt, mir zur flucht
zu verhelfen.

woher kommt,

wohin geht diese übermacht?
dass aus den herzlosen pflanzen ein schlagen hervorbricht,
ein wirklich pulsierendes lautpfeffern? *kein wiesel,*
keine wiese kann dröhnen so laut, sagt mein kopf,
und *buschwind* singen die röschen, und
löwen tackern die zähne, *löwen, löwen,* und *taub*
jault die nessel dem efeu ins immergrünohr.
während der himmelssiphon der dichtung adé läutet.
während die dichtung jetzt gesetzlosen pollen ins wort leckt,
zum grünkörper sintert. die flüssige phase, die feste.
luft gibt die frühlingsrolle perfekt, mit sprossen und heiterkeit,
dezente schärfe im abgehen, abwehen …
dass das blühen nur zeitweise schläft und nie altert,
ich aber am abzählen bin,
wie oft es mir wohl noch unter die augen gerät.

leihfrist

monatelang schlief ich rückwärts,
auf kindheit zu, während die tage dir
fremdwörter liehen. meine, deine.
komm, wir lassen uns gendern! aber
der abschied lief längst aus deinem
in meinen hals, bis er voll davon war
und ich endlich aufwachen konnte.
über mir hängt nun mein immer noch
schlafendes kleid, es soll von mir träumen:
wie ich es langsam zu füttern beginne mit mir.
wie es mich einverleibt und zu kichern beginnt
aus all seinen knopflöchern. wie es den reißverschluss
gar nicht mehr zukriegen kann.
aber es baumelt nur leis, und ich seh dich von ferne
ins ungewiss schwimmen, mein eben
verschlüpfter fisch.

kulanz für anfänger

wo ich geschneit hatte, lag rahmen auf rahmen,
unbekannte gesichter, in denen nichts taut.
eine schneetanne filterte lästerer aus, hängte sie ins geäst.
ich suchte in den verträgen nach fallstricken,
mir die schuhe zu binden. wieder einmal
hatte ich mich hinter glasur zugetragen, die nicht
pastellfarben war. ich brach faules brot
mit mir und blickte auf schweißfleckige fassaden,
in der hand ein abgetrenntes windhosenbein.
offenbar suchte es sein pendant. *was tun?*,
dachte ich noch, *willst du mein förderwicht sein?*
mein halsstarres alter? aber wen meinte ich.
wo hatte das angefangen.

wie mehl, das auf blüten taut

am feldrand taumeln gereizte vexierbilder.
der abruf ist eine sache von augenblicken, meinst du,
die längst gepackte tasche im griff.
vom fahren in luftzügen willst du nicht sprechen,
während die noch eingewickelten wiesen die bänder
zu lösen beginnen. besorgt weht schon duft herein.
die blüten, sag ich. *die staubbeutelhalter,* sagst du
und öffnest die tür. du trittst durchs glas,
ein glosendes grautier, den kopf
im vorgefühl der zündung ans zittern verloren,
und wo das kraut langsam schäumt, kümmert dich kaum.
eine brandsache wird schließlich gelöscht werden, die familientiere
gehen auf abstand. ich weiß das herdbuch
im zugeknöpften schrank.

relegierte legionen

Gott ist Form. (Gottfried Benn)

mit sorgfalt berücksichtigt: a- und omen.
zwischen wald- und weltsicht jedoch die glaswand,
fiberverstärkt. schön, mein gesicht wechselt den staub:
gekippter kopf, lächelnd im kreuz des südens,
mondsichels zellanämie im genick. relegierte
legionen (in diesem fall legionellen?)
infizieren die mundräume, wachstationen
der fürbitter/vorbeter. nimm rituell sprit
zwischen die lippen, dann sieh: die spirituelle
wurst wird zur mostrichmonstranz. darunter listen
atheisten einander im stillen scharwenzeln
der kritischen geisterscharen zu schwärmen,
hautflüglern ähnlich, eusozialen insekten.
kompakte biomasse im summen der transzendenz,
klitze und kleine sirrstimme imitierend,
im hicksen schließlich erledigt. litzen, borten.
liturgisch besticktes flehen am bande: das pallium,
die wolle von nonnen gesponnen. palliativmedizinisch
betrachtet, bleibt wohl ein soma im koma. ein klingelnder,
ningelnder steigbügelfalter.

die borealien

beginn und erde streiten nicht
um die gefallenen der flockenheere.
frostig stecken sie in den archivalien,
in den schwarzen löchern der zeit.
fischblutblau verzittert die jacke, rostrot der rock
im gefrierpunkt des blicks. rau steht für reif
wie grau für graupel, und auf dem screen, verbissen,
schnappt die schneefalle zu. schnappt schuh und schi
und schiff und schlittenhunde, die zwiegebackenes
ziehn. auf *stars and stripes* nur kristalline sterne,
die in verschmutzten streifen niederrieseln. grieselfieber
gibt schüttelfrost das zeichen, fortzufahren. flugs
flattern fundevögel, deren schwarz auf vergebung drängt:
kaltsinns hand sei das gewehr verziehen,
dem eisbären das zerschossene weiß …
boreas fährt mir durchs haar, facht den silberbrand
an. nichts wird ihn löschen, bis ich endlich verschwinde
im nordpol der unzugänglichkeit.

durstthema, mit variationen

durst, völkisch

von menschelnder menge aus
siehst du den kolossalen bovist, wie er
den redner verlässt. funkenflug,
papiergeräusche dazu. in der historischen senke
invalide kinder, die ihre herzen argumenten opfern,
als käm es drauf an. stimmgabelklang in der luft,
auch fauchen von katzen, schwänen. ein
hergelaufener wolf gibt erfolgreich das medium
der machbarkeit, zieht in den bann. dann schwären,
schweigen, schließlich das platzen des bovists,
aber dafür verlieren wir uns, aus den augen, im staub.

durst, lampedusisch

rollen, entrollen. bei fahnenflucht ein punktierender
schmerz, der ins hirn fährt. dort bleibt. andenken
an liebende vögel (vogeljunge), während die
grenzen/reihen (fest geschlossen) keineswegs fallen.
ein schengener schwein willst du sein, du hermetischer.
was du abschließt, steht unterm himmel als schrank,
der schlüssel beseitigt. zieh ich an meiner haut,
zeigt sie klerikale druckstellen,
ehe sie rot wird, bis du schwarz bist. unendliche
unruhe unter der stille aus scheinen und schein,
der fest verschnürten oberfläche des meeres
in deinem schädel.

durst, fügsam

die ära begann beinahe stundlos,
denn als ich dich lieben wollte, krallte sich aura
in meinen rücken. blutete. sympathische eintracht
trat auf den großen plan, den wir verfolgt hatten
mit komplexen schrittfolgen (schrottfolgen)
von zusammenstößen. im gepränge
der alles umgebenden geognosie später
mitbruderbrüche und auffaltung der schwestern,
erhebende gebirge. darin flüsse,
in denen du schwimmen lernen kannst,
ohne durst zu verspüren.

durst, ländlich

ein fenster steht offen, damit die nacht auch
hereinkommen kann. zum schlafen sich einen,
unterkommen im sozialen brauhaus. was
der sommer meint, reicht zur malzdarre nicht.
stattdessen treten temperaturen aus dem hof
in die beschränkte natur, die schatten
der bäume reichen sich unaufhörlich die hand.
dozierenden schwanzes streichen katzen vorbei,
vorbei auch mein jahrgangsgelaber, mein
küchenkalender. spätes stroh
flicht mir den zopf, aus dem flüssiges tropft: silbern
schweigende stunden. das gold im munde
versteckt, löschst du das licht. ich lege die arme parat,
dann ein bein. das andere steckt noch im stiefel,
die gabel im heu, während das pflaumensterben
beginnt, von insekten belauert.

durst, greinend

nichts kehrt von unten zurück, was einmal versank
im schlotzenden boden, die erde hält sich mit flüssiger taktik
auf abstand. zu mir. zu dir. wir wohnen eine treppe
überm parterre, wo verlust haust in wilder ehe
mit bruch. oft genug schlagen der alten leutchen
gestielte schreie zu uns herauf, wenn wir zu laut sind
für ihre ohren. aus staubfäden stricke ich strümpfe, sie
sind schon zerfallen, wenn du sie anziehen willst.
mein nadelspiel klappert im klingeln der ohren,
woher der anfang? das ende? einen taubenblick
später nur gehen die kinder davon, eine einzige
kultivierte fruchtkörperschaft. deren augen,
nach innen verdreht, bleiben für immer
in unseren falten versteckt.

durst, dunkel

die schleppe des dämmerns getönt in blassgelbem puder,
als lösten sich abends die deckel der schwundgläser,
aus den verschiedenen regalen werden, verschwistert,
nun innegehaltene töne hörbar, ein schleifen,
ein schleifstein, ein langsam über die lichtfläche
streifendes scheppern, hervorgerufen von bagatellen
der wirklichkeit, ein beispiel: das pflanzengedächtnis,
grün unterlegt, war tagsüber durst. harmonie,
die vor siedlungen parkt, stellt nun den wasserlauf ein,
die füllstandssensoren tanzen für sich allein und verloren
im abnehmenden licht, als mein auftriebskörper
davonschwimmt, einem pufferstaat zu
zwischen den datenmengen. ich interpoliere eindringende
textschwärme zunächst zu günstigen schwarzen cliquen,
schließlich geflammtem weiß im somnambulen ambiente,
bis ein büschel, ein bündel verweigerungstaktik
im untergrund anschlägt, ich verliere an dichte,
gespenstisch, wie ein kontrakt.

durst, impulsiv

als ich wachs sagte, meintest du
die verwaltung der dinge, die vor uns lagen,
das zischen von docht untermalte den halbmarathon
der strengen gezeiten, zitternde generatorenkolonnen
links und rechts deiner auswege

als ich elegie meinte, sagtest du
die zeiten voraus, deren eintreffen,
elektrische handlungsantriebe, impulsbataillone,
fingerfertige plangeschwader auf abruf,
auf halde

zeitgleich die schlafenden kinder
im haus zu haben, war ein affront

kleistkubus, klandestin

1

die cliquen der impulsfahnder tasten im dunkel
unter dem hartschnee, dem harschlack
auf quellen, auf texten, selbst die insekten,
kleinere staatsschwärme vortäuschend,
fliehen die ludernden katzen am ufer der oder,
schwänze eingezogen wie segel

2

frankfurt bestäuben, wo sanfte kamele der kameralistik
die lüfte durchschaukeln mit umgekehrter
beweislast? das denken organisiert sich
in größeren, pflanzen anbauenden bläsergruppen
mit biegsamen klarinettisten, in abschwellkammern,
in heimwehfarbener hefe

3

du verlangst ausgleichende raumerwärmung
birnenalleen sind dem buschwerkverzeichnis entkommen
und landschaft bleibt ein erschöpftes konstrukt
im plusspeicher der machbarkeit, deine erziehung
war nur ein wasserlösliches experiment,
das leicht überstimmt werden kann

4

ist ein frauenverstand eine pulversubstanz,
die flüssigkeit braucht? etwas gänzlich trockenes
für sich allein? lückenfüllendes blau, das ausmehlt
vom rand der pupille in abgelegene gegenden
voller wurzelgeflecht, in männliche fruchtkörperschalen,
in beckenendlagen?

5

mit den perioden gesetzlicher dämpfung
erhöht sich die eigenfrequenz nationaler antennen,
kein staat ist zu machen mit ausgeübten
talenten, längst sind die quitten geschnitten
zu veritablem kompott in hermanns equipment,
der kalkriese grient …

6

du bleibst im kubus, die sechs quadratischen flächen
nicht zu entfalten, verlötete nähte,
an denen kein reif taut, über der würfelnetzhaut
zirpen die anfangsverdachte auf fortgesetzte desaster,
zeigen sich kleine spuren von tötungsabsicht
im chronischen echogramm

unter den biberschwänzen

(Wulf Kirsten zum 80. Geburtstag)

die hohle pappel bläst in fremder tonart
zu raschelseide, samt, georgette und leinen,
der graubart wettert leis und ruft die seinen
mit schwachem schrei zu sich, als sei er bannwart

im süßen weinberg, den er peinlich hütet.
nicht dämmern auf der ruhestundenhalde!
zurück den schlaf in seine taschenfalte!
und dennoch wird er heimlich ausgebrütet …

so wird der abend unaufhörlich älter.
wer gast ist, merkt es nicht. er bleibt betreten,
er wartet auf fanfaren, auf trompeten,

und lauernd auf die hatz der schnellen tänze.
leis hauchen auf dem dach die biberschwänze
ihr flötenstück zur nacht der feuermelder.

scharfer schneid

(Karl-Georg Hirsch zum 75. Geburtstag)

sei kein fisch des striches, dem konturen
verwässern und im steten dunst verblassen.
sei kein bonobo der zärtlichen grimassen
im aquarell gezähmter hauptfiguren.

sei kein frosch, dass die schraffur gelinge!
sei kein hase auf der flucht und falte
dem hosenlatz des hänflings die geballte
zweimännerkraft in die gezwillten linge!

sei kein libell, dem haupt- und nebenflügel
mit vibration den scharfen schnitt verwehren.
sei hirsch, geweiht dem holz, und dir zu ehren
bleib hirsch und ganz bei dir und ohne zügel.

albfischers traumgeburtstag

(dem bibliophilen Herbert Kästner)

wo du auch hingehst,
nichts als geölte parkette,
auf denen man rutscht. nichts als
gabelbeweise im fingerfoodhäpp, ein sektglas
and soup. blumen und fette konfekte!
wodka mit speck! doch gehäck-
selter hering grüßt nur aus der ferne, zieht ab.
vordergründig konfektioniertes geplowder,
das englische strauchelt, französisch lässt übrig
zu wünschen. was wünschst du dir übrigens?
nette papiere? bütten, geschöpft?
wasserzeichen statt diebsgut? geheime blesseure
gehn auf empfang, binden fehler ins buch. delikat. unikat.
dein ist ein saugtier mit ehrgeiz,
es öffnet das maul – schon sind die folianten verschwunden,
die eben noch prunkten. der punkt geht an dich.
an wem es dann ist, für nachschub zu sorgen,
bleibt kein geheimnis. die heinis vom hof
fallen durch. darauf trinkst du gern einen.

saatmann haut den lukas

die kraniche feiern den dünnflüssigen luftweg, septembermond
unter den flügeln. ungeübt im verlassen der heimat, tanze ich
ausdruck unter das dach des lukas. meine mitschlafgelegenheit
geht baden. gestatten: temperatur!, flüstert das hindernis
auf dem weg zum strand und scheucht sie zurück. die gelegenheit
macht liebe aus mir, bis wir mit tropfnassen haaren unter der dusche
ankern. ich öffne das fenster und höre den baum hinterm haus, wie er
zur apfelmast ruft, während der wirt nebenan
seine stammgäste aushöhlt, indem er monaden serviert. das will ich
sehen, sagt meine liebe gelegenheit und springt durch die luke,
ihre sohlen verglühen im eben heraufkriechenden licht.
da schnurrt schon der laptop, ich streichle die tasten. so allein,
schubbert die zeit an meinen beinen, ich lasse die altkatze zu
und beug mich hinab. unter dem zimmerboden aus glas
seh ich saatmann beim schneiden zu, er fegt das geschnittene haar
später zusammen, wo ich gestern noch frühstückte. jetzt greift er
zum hammer und schlägt auf einen gefederten kopf, er hat offenbar
kraft, denn es klingelt: meine schöne gelegenheit ist wieder da,
die ebenso schöne anlage des wechselsprechens im blut.
als ich ihr zeigen will, wie saatmann den lukas haut,
ist der verschwunden. katze zeit sowieso. pech, sagt mein herz.
sagt aber auch saatmann von nun an, wenn lukas mich reizt,
obwohl ich ihn niemals schaffe.

stimmen im schnee

(… wieder für Volker Braun)

im kuvert steckte winter, theoretischer schneefall
bedeckte alles um mich herum, die dinge wurden zum dickicht.
der strauß mahnrosen auf dem schreibtisch blieb für kurze zeit
noch bei farbe, defragmentierte das flockengeriesel
stoßweise, bis auch er aufgab. ich nun in weiß
gestrichner walhall, mein börsennotierter pulskurs
näherte sich asymptotisch der nulllinie. keine chartanalyse,
die finger klopften noch leise, energieverbrauch minimal.
vom briefe gefällt, lagen strom und bäche still in den betten,
nichts regte sich mehr. das telefon auf dem sims des fensters
sonderte töne ab, bis es langsam verstummte. weiß
stand das rauschen im raum, stark höhenbetont. auf einmal
stimmen, sie sprachen von muscheln im mund (und nichts
liegt mir ferner); von einem, *der* auszog, *niemals für ein gefallen*
zu arbeiten (und wie es mich gruselte!); von *verheerenden folgen*
mangelnden anscheins (und was das für mich bedeutete,
wusste ich nicht) – kurz: die stimmen im hörbaren rauschen
hörten nicht auf, nicht auf mich, nicht auf dich, den absender
oben näher beschriebenen briefes, aus welchem der schnee
als alles beherrschendes urteil gefallen war. allmählich begann
der zeigende finger den takt aufzunehmen, ich pumpte wieder um luft.
die börsen rasten fernab. (dass auch der puls kletterte, blieb aber
mein stilles geheimnis.) als ich aufsah, unierten einander
zwei halbe, gefräßige ratten, das tier sprang schließlich vom tisch
und schüttelte sich. weiß stob auf, schmolz auf dem boden ins holz.
die ratte fraß staub, ich las immer lauter stimmen
unter dem rauschen hervor, bis ich stand. im mund

diese kleinen fotzen der see machten mir keine angst mehr,
sie lebend zu schlucken, bei steigender temperatur
nahm der strauß mahnrosen wieder sein leuchten auf,
rot und nun nass.

wurzelgleiche

(für Robert Schindel)

vom zaun aus: genialer flieder. über das dünne haar.
den dicken kopf, darin der schmerz brütet.
seine jungen schlüpfen auch samstags. die zeit juckt
das nicht weiter. sie läuft wie immer aus den
rümpfen der religionsfregatten in die
gemischtgeschlechtlichen meere. eben
aus ihren schalen gekrochne migränen pickern
von innen an die kalotte, treiben wurzelgleiche
gewächse hervor. *schlomo. shalom. suleiman. salam.*
(ich selbst mag salami, das schwein drin grüßt rot
aus dem speck.) und seh ich was, was du nicht
darfst, so darfst du was, was ich nicht denk. das ist
die ungeahnte seite der nachtschatten. gewächse
(wie du und ich), mit wurzelgleichen genomen, tragen
das erbe nicht nur im kopf. selbst im untergründigsten *hiedl*
fließt wasser. wie du und ich. und heilt nicht. und heizt noch
das bohren im schädel, das stechen und kneifen, ins maßlose an …
ein bauzpardauz, ohne pardon, nennt diesen kopfschmerz
belanglos. zum glück hab ich flieder am zaun,
der lila von liebe spricht. und das fieber fängt, ehe es
unterm solarplexus aushärten kann.

8/17

(nach Elfriede Czurda)

ständig konfus sein ist
abkehr vom konfuzianismus
dauert zwei kleine lieben
sich nicht oder wieder
und immernoch doch
aus dem loch in der tugend
steigt eben nicht das
beruhigende lassmal höchstens
das tausendfach kampf
erprobte ichnicht kommt
der kleine prophet zum
bergmann heißt es
helm auf und runter
unter die oberflächen
aber sonst weiter nichts

es hat ein
entherztes gesicht
wer die tugend verlässt
zum siegheil und heildir
und lächelt noch

wo ich weine im stoff
wechselnden feld

gebogen, gebauscht

(nach Erwin Einzinger)

bin ich fertig gemalt? ein nicht mehr länger leeres
blatt zeigt die kurven, von denen ich genug habe: zweideutig
gebogen. füllig gebauscht der stoff ums skelett. früher
ein muttertier, kam mir die ahnung vom nest ganz abhanden.

das radio schweigt, obwohl groß und präsent neben dem
schreibtisch. ich habe den knopfdruck verlernt, das switchen
zwischen den sendern. wahrscheinlich lebe ich noch? wer
weiß das schon so genau. wer kennt meine toten kinder.

den jungen mit kopftuch. das mädel mit ledernen hosen.
frisch gegenderte dresscodes entleiben sich fröhlich,
während mein bein ein kleid trägt, das jeans heißt.
läuft's auf zur karottenhochform, wird's lauthals verlacht.

gerät kunst zum stoff, stick ich vorschriften auf:
seile anknabbern, in denen wir hängen. staudengeplowder
ertragen, die grundstücksgrenze verletzen. dann eingepfercht
in die gebärden gebarens, kann ich endlich verschwinden.

und nehme den leib mit, der mich vor sechzig jahren
seinerseits auszumachen begann. zunächst noch im leib meiner
schwangeren mutter, später im deutschen freien. ferien
vom leben sind endlos. welch grund zum jubel.

sag mir, wo du stehst

(nach Armin Senser)

könig hartmut zum beispiel steht auf dem bahnsteig,
den alt gewordenen hermelin im gepäck. schon lange
nicht mehr an ihn gedacht, oder? könig hartmut
sieht mich mit braunem auge scharf an, sein lächeln

kennt keine grenzen. prag an der moldau. brandenburg
an der havel. vom chefredakteur gealtert zum prokuristen,
ist er nun rentner. (pensionär! der hermelin besteht darauf
und pfeift's aus dem koffer.) des weltfriedens ratsschluss

war nie als anfang gedacht. sich dran zu erinnern,
wie er ging, wo er stand und auf wessen kosten,
ist ziemlich viel verlangt von könig hartmut.
gern träf ich ihn mal, um zu fragen. nach diesem.

nach jenem. wie er die welt sah, damals, in helsinki,
das so nördlich im westen steckte wie könig
hartmut der östliche blick im angenommenen blut.
dass er mit chandras romesh die welt zu spielen versuchte,

diese ausgenuddelte kalebasse mit weltanschaulichen
löchern, musste einfach misslingen. deshalb: kopf hoch, alter!
du sagst mir, wo du nun stehen willst, und ich schaue nach einer
billigen unterkunft am ort deines eintreffens.

alte fabrik, geländespiel

(nach Andreas Altmann)

der weg vergisst mit den jahren seine krümmung unterm gesträuch.
wenn wir ihn zu gehen versuchen, spielt er unsere atemnöte

gegeneinander aus. du holzt den ball aus falschem leder nach mir.
so falsch, dass er die luft nicht hält und unser atem die not komplett

machen muss: er reicht nicht aus. der ball spielt verschwinden,
im rucksack, im beutel, schließlich dann doch auf der halde

der frühen begehrlichkeiten. wir lassen sie hinter uns
wie die ausgesonderten treibriemen und schraubstöcke,

die uns einmal ernährten. einmal, als keinmal noch auf der
kippe stand, den sondermüll im fass zu halten bestrebt war.

einmal, als keinmal noch ohne bedeutung war, hielt ich dich fester
als warm, genau hier, und kein rauch stieg auf. nur aus den augen

sprach hitze, die dem gelände entkommen wollte. wir sollten uns
küssen, denk ich, aber wo bist du? als ich ans festhalten dachte,

bist du auf und davon, die bröckelnden mauern sprechen von
deinen füßen. mein standbein steht still, das spielbein

holzt die gläserne kugel zu splittern vorm tor.

amazonian amazon

auf meinem konto keine krümmung der jahreszeit,
kein wetterleuchten vom krisenblitz.
wie er einschlug, die faule kiste zum platzen zu bringen,
trug sich anderswo zu. nicht wert der rede,
die meinen mund ansonsten bewegt. das haus
hängt der bank zwar zum hals raus, damit sie ihn
nimmermehr vollkriegt, das geld aber, nett gebeutelt,
geht brav seinen flüssigen weg. kein griechenland
spiegelt sich drin, dem die schuld
übern kragen wächst. wenn der platzt,
hörst du im wüten washingtons *trumpet,* wie
übern atlantischen ozean ostwärts gespielt. welche einigkeit
zwischen den klängen verschiedener seiten. welches
trommelfell, das sich spannt, links zum trotz, rechts zum schur.
nach billigen indern für den nur halbwegs
sauberen haushalt steht mir kein sinn,
und dennoch klagt die amazone in mir
offene grenzen ein. spricht's
und legt die weibliche endung beiseite.
ich schaue dem *e* hinterher, meinem
blauen, so blauen begehr.

Anmerkungen

S. 21, *ausflug zu den guachimontones*
Los Guachimontones, erst 1969 entdeckte Anlage mit einzigartigen, gestuften Kreispyramiden der Teuchitlán-Kultur nahe Guadalajara, Mexiko

S. 24, *paleski radyaytsina-ekalagichny, pogonnoye*
Nationalpark in Belarus, nahe zur ukrainischen Grenze und zu Tschernobyl

S. 26, *mobilé über nanjing*
Nanjing, Hauptstadt der chinesischen Provinz Jiangsu, im Dezember 1937 Schauplatz des »Massakers von Nanjing« durch die japanischen Besatzer

S. 78, *saatmann haut den lukas*
Friseur Saatmann hatte zu DDR-Zeiten seinen Salon im Erdgeschoss des vormaligen und nun wiederhergestellten Künstlerhauses Lukas in Ahrenshoop/Darß

S. 84, *sag mir, wo du stehst*
Titel eines Liedes von Hartmut König, geb. 1947, in den Siebzigern Chefredakteur der in Prag herausgegebenen Weltstudentennachrichten, später Mitglied des Weltfriedensrates und hoher Funktionär der DDR in Partei und Jugendorganisation

Inhalt

das buch Es sind poetische Reisen, zu denen Kathrin Schmidt in ihrem neuen Gedichtband einlädt: an abgelegene, oft zungenbrecherische Orte wie los *guachimontones* oder *paleski radyaytsina-ekalagichny* – aber es sind auch Reisen in die Sprache selbst. Denn immer wird hier ein Raum vermessen und durchschritten, wird genau hingeschaut, gedeutet und umgedeutet. Das Gedicht ist bei Schmidt ein Überraschungsmedium, in dem jeder Zeilenumbruch unerwartete Bedeutungen freisetzt. Archaisches Wortmaterial wird behutsam geborgen und mit Begriffen unserer Gegenwart verschaltet, dass es Funken schlägt. Diese Texte gehen aufs Ganze und tief unter die Oberfläche – bis zur »Erdhirnrinde«. Aber sie bleiben immer so einladend, humorvoll und scharfsinnig, dass man gerne mitreist, selbst in die entlegensten Gegenden.

»Ein Feuerwerk an sprachlichen Erfindungen, phonetischen Beglückungen und mal aggressivem, mal tänzerischem Sound. [...] Eine einzige Wortwollust.«

Joachim Sartorius

die autorin Kathrin Schmidt, geboren 1958 in Gotha, arbeitete als Diplompsychologin, Redakteurin und Sozialwissenschaftlerin. Sie erhielt für ihre literarischen Arbeiten zahlreiche Preise, darunter den Leonce-und-Lena-Preis 1993. Für »Du stirbst nicht« erhielt sie 2009 den Preis der SWR-Bestenliste und den Deutschen Buchpreis. Zuletzt erschien ihr Roman »Kapoks Schwestern« bei Kiepenheuer & Witsch (2016). »waschplatz der kühlen dinge« ist ihr siebter Gedichtband – nach »blinde bienen« (2010). Sie lebt in Berlin.

MIX
Papier aus verantwortungsvollen Quellen
FSC® C083411

Verlag Kiepenheuer & Witsch, FSC® N001512

1. Auflage 2018

Umschlaggestaltung und -motiv: Nurten Zeren, zerendesign.com
Lektorat: Christian Döring
Gesetzt aus der Bodoni
Satz: Buch-Werkstatt GmbH, Bad Aibling
Druck und Bindung: CPI books GmbH, Leck
ISBN 978-3-462-05091-2